Vente du Mercredi 4 Mai 1864

TABLEAUX

ET

DESSINS A L'ESSENCE

PEINTS PAR N. DIAZ

Exposition publique le Mardi 3 Mai 1864

Mᵉ Ch. PILLET, Commissaire-Priseur

M. Francis PETIT, Expert

PARIS. IMPRIMERIE DE PILLET FILS AINÉ
5, RUE DES GRANDS-AUGUSTINS.

CATALOGUE

DE

TABLEAUX

et

DESSINS A L'ESSENCE

PEINTS PAR N. DIAZ

DONT LA VENTE AURA LIEU

HOTEL DROUOT, SALLE N° 5

Le Mercredi 4 Mai 1864

A 3 HEURES 1/2 PRÉCISES

Par le ministère de Mᵉ **CHARLES PILLET**, Commissaire-Priseur,
rue de Choiseul, 11,

Assisté de M. **FRANCIS PETIT**, Expert, rue de Provence, 43,

Chez lesquels se trouve le présent Catalogue.

EXPOSITION PUBLIQUE

Le Mardi 3 Mai 1864, de une heure à cinq heures.

CONDITIONS DE LA VENTE

Elle sera faite au comptant.

Les adjudicataires payeront *cinq pour cent* en sus des enchères, applicables aux frais.

Paris. — Imprimerie de PILLET fils aîné, rue des Grands-Augustins, 5.

TABLEAUX

N° 1

VIEUX CHÊNES de la futaie du Bas Bréau.

N° 2

ENTRÉE DU BAS BRÉAU par le carrefour de Clair-Bois.

N° 3

GRANDE FUTAIE du Bas Bréau, près le Borhage.

N° 4

COUPE DE BOIS, près Clair-Bois.

N° 5

VILLAGE D'AUVERGNE. Effet de pluie.

N° 6

DESCENTE DES VACHES dans les montagnes du Jura.

N° 7

LE PRINTEMPS en Normandie.

N° 8

DINARZADE dans les jardins du palais.

N° 9

LA DANSE DES ALMÉES.

DESSINS A L'ESSENCE

N° 10

L'AURORE.

N° 11

LES FOUS D'A...

N° 12

LES RIVAUX.

N° 13

DÉPART POUR LA CHASSE.

N° 14

FEMMES DU SÉRAIL AU JARDIN.